한국 희곡 명작선 132

72시간 (부제 : 슈퍼맨과 타잔의 사랑)

한국 희곡 명작선 132

72시간
(부제 : 슈퍼맨과 타잔의 사랑)

박장렬

평민사

박장렬

현실은 탄광의 막장이다.
우리는 검은 얼굴로 한 줄기 빛에 의지해
살아내야 하는 광부일 것이다.
그리고 우리는 사랑에 기대에 살아가고자 한다.
그러나 현실은 붕괴되어가고 있다.

72시간 (부제 : 슈퍼맨과 타잔의 사랑) 희곡은
박장렬의 사랑시리즈 희곡 - 케첩과 마요의 사랑,
슈퍼맨과 타잔의 사랑, 대빵 큰 고래의 꿈
- 시리즈 중 2번째 희곡이다.

....

1998년 인간소극장 1부 놀이터 초연 / 정성호, 안태랑, 이재화, 김지
은 출연
2001년 2부 탄광에서, 혜화동1번지 육두육감(六頭六感)페스티발 참
가작 / 정성호, 안태랑, 이명아
2007년 12월 일본 동경 타이니아리스페스티발 참가작 / 정성호, 안
태랑, 이명아
2009년 9월 3일 ~ 27일 / 연극집단 반 제작 / 강태기, 박재운, 박소정
2010년 4월 1일~ 11일 / 정성호, 안태랑, 박소정

등장인물

슈퍼맨(유민수) : 자신을 슈퍼맨이라고 생각하고 싶은 사나이
타　잔(강동철) : 자신을 가끔 타잔이라고 생각하는 사나이
소　녀 : 우리들 추억 속에 자리 잡고 있는 추함과 아름다움의
　　　　기억

무대는 탄광의 무너져 내리고 있는 막장
왼편으로 무너진 흙더미가 보인다.
흙더미로부터 무대 앞으로 이어진 오래된 석탄 운반용 철길이 보
인다.
소녀가 철길에 앉아 있고 두 남자는 철길에 정지해 있다
어디선가 추억의 바람(기차소리)이 일어 무대를 가로지르고 간다.

소 녀   없어. 중단됐어.

바람소리가 사라진다.
소녀는 사라진다.

음악이 사라지고 조명이 변한다.
슈퍼맨과 타잔은 철길 위에서 손뼉 치기를 하고 있다.
타잔이 계속 이긴다.

슈퍼맨   네 병.

또 게임을 한다. 슈퍼맨 또 진다.

슈퍼맨   다섯 병.

또 게임을 진다.

슈퍼맨   한 판 더 붙는데 이번에는 피하기 없기다. 정면 승부! 여
           섯 병!
타 잔   …….

슈퍼맨 또 진다
슈퍼맨 홀짝게임으로 바꾸자고 한다.

슈퍼맨 너 일로와. 짤짤이로 붙어. 나 잃었어. 잃고는 못살아. 씨발. 접어.

타잔이 접는다.

슈퍼맨 내가 여섯 병 있으니까 일곱 병 걸었어. 일곱 병이다. 홀! 새끼야.

타잔 손을 펴니 짝이다.

슈퍼맨 (열이 받아) 접어. 열세 병? 좋아 씨발. 열다섯 병 걸었어. 열다섯 병이다. 홀!

또 짝이다.

슈퍼맨 (열이 많이 났다) 접어. 빨리 접어. 두 박스! 너 두 박스다. 또 홀! 잠깐잠깐 (슈퍼맨 망설인다) 짝! 아니야, 아니야. 아. 그 새끼 은근히 알 수가 없네… 그냥 홀. 펴 이 새끼야. 딱 걸렸지 (슈퍼맨 웃는다) 펴! 이 새끼야 빨리 펴.

또 짝이다.

슈퍼맨 (기가 막힌 듯 웃는다) 이 새끼. 은근히 잡기에 능하네.

타잔 돌 개수를 센다.

슈퍼맨 돌을 흐트러뜨리며.

슈퍼맨 됐어. 됐어. 뭘 세냐? 쪼잔 하게 내가 나가면 너 평생 코 삐뚤어지게 술 사줄게. 됐냐? 아! 그새 발이 축축해졌네….

슈퍼맨 장화를 벗는다.

슈퍼맨 아니 나는 왜 이렇게 발이 축축하냐? 야! 내 생각에는 말이야. 내 인생이 이렇게 꿀꿀한 게 발이 축축해서 그런 것 같다. 항상 이렇게 발이 축축하니 냄새 나지. 찜찜하지. 이런 기분 가지고 밖에 나가서 일이 제대로 될 리가 있냐? 그래. 씨발. 발이 축축해서 인생도 축축한 거야. 축축한 인생이다 진짜….

사이

슈퍼맨 지금 몇 시야?

타잔 시계를 본다. 손목시계는 멈춰 있다.
슈퍼맨 같이 확인한다.

슈퍼맨 도대체 낮인지 밤인지 알 수가 있나.

철길 위의 개미를 발견한다.

슈퍼맨   어! 이게 뭐야? 개미네… 야. 이렇게 깊은 땅속에도 개미
가 사나?

타 잔   (혼잣말로) 개. 미?

슈퍼맨   야 이 새끼들 새까맣게 돌아다니네. 이거. 아니 이걸 왜 여
태 못 봤지?

사이

슈퍼맨   그게 뭐더라? 아! 애디슨 곤충기! 내가 말이야. 어렸을 때
애디슨 곤충기에서 읽었는데. 이 개미가 말이지….

타잔 갑자기 웃는다.

슈퍼맨   너도 읽었구나? 기억 나냐? 이 개미가 무지하게 적응력이
강하대요. 사막에서도 산대. 북극에서도 산대. 너 기억 나
냐? 보통 여왕개미 한 마리에 일개미가 수천 마리 딸려 있
고 수개미, 병정개미, 뭐. 이렇게 분류가 돼 있는데 거, 가
관인 건 이 일개미 새끼들이야. 맨날 빈둥거리는 수개미
들은 여왕개미하고 재미보고 있을 때 이 일개미라는 놈들
은 태어나서 죽을 때까지 일만 한다는 거야.
좆 나게 도는 거지… 팽이처럼. 뭐가 도냐고? 일개미 새끼

들하고 우리! 그래, 내가 일개미 놈들 마음을 좀 안다. 개미새끼도 까맣고 광부새끼도 까맣고 좆 나게 도는 거지. 씨발. 야! 우리도 이 일개미 새끼들처럼 평생 좆 빠지게 일만 하다가 재미도 못보고 늙어 죽는 거 아냐? 우리 같은 놈들한테 어떤 여자가 시집오려고 하겠냐? 평생 총각 귀신으로 늙어 죽는 거지….

슈퍼맨이 혼자 중얼거린다.

슈퍼맨 (태도를 바꾸며) 아니야 나갈 수 있어 우린 나가야 돼. (슈퍼맨, 키득키득 웃는다) 나가기만 하면… 방송국에서 기자들이 새까맣게 몰려 와 있을 거 아니야? 와! (옷맵시를 다듬으며) 어떠냐? 나 괜찮냐? 씨발 인터뷰해야 되잖아. 인터뷰 씨발, 여러분~~ 우린 한다면 한다는 놈입니다! 우린 살아났습니다. 여러분! 아니야 여기선 힘들어 보여야 돼 여러분~~ (마른기침을 흉내 내며) 국민여러분~~ 시민 여러분 고맙습니다. 여러분의 성원에 힘입어 저희가 드디어 살아났습니다. 여러분~~ 플래시가 팡팡 터지고 팡팡~ 여기저기서 카메라 플래시가 터지는 거야. 카메라 플래시가. 아 참 이때 힘들어 보여야 되는데. (슈퍼맨 킬킬 웃는다. 슈퍼맨은 혼자서 신이 나서 아나운서 역할을 하며 가상의 인터뷰 진행한다)
답답하지 않았습니까? 저는 답답한 상황을 노래를 부르며 견뎌냈습니다. 내 꿈이 가수니까 이참에 밀어 붙이는 거

야… 여러분! 정말! 외롭고! 힘들었습니다. (노래한다) 내가
만약. 외로울 때면. 음… 누가 위로해주나. 나는 너에 영원
한 친구여… 그건 바로 여러분! (감회에 젖으며) 야! 스타! 스
타! 스타가 되는 거야. 그냥 씨발 돈을 가마니로 긁어모으
는 거야! 와우~~ 돈아. 내게로 오라! 좍좍 쏟아져라 좍좍!
돈, 돈, 돈… (돈타령을 부른다) 야! 역시 긍정적인 사고! 응?
그러니까 씨발 야 인상 좀 펴. 누가 뒤졌냐? 우린 아직도
이렇게 멀쩡하게 살아있다 이거야, 엉? 물 있지, 전기 들
어오지, 숨 쉴 공기 만땅이지 뭐가 걱정이냐, 엉?
이 일개미 팔자 한 번 고쳐주자. 이놈을 여왕개미로 만들
어 보는 거야. 뭐든지 간절히 원하면 이루어지는 거야. (개
미를 손바닥 위에 올려놓고 진지하게) 수리수리 마수리 말발타
사발타… 변해라… 여왕개미로…
변해, 변해~~~~~

타잔 갑자기 소리친다.

타 잔   변해!

슈퍼맨과 타잔 조심스레 손을 펴 개미를 본다.
변하지 않은 개미를 보며 둘은 웃는다.

타 잔   재밌는 얘기 해줄까?

슈퍼맨 재밌는 얘기? 거 좋지. 한 번 해봐라. 너 재밌어야 한다.

타 잔 옛날에….

슈퍼맨 너 재미없으면 술 사야 된다.

타잔 얘기 시작한다.

타 잔 옛날에 한 탐험가가 황금을 찾아 밀림을 탐험했지. 탐험
가는 짐을 나르는 짐꾼들을 샀지.

슈퍼맨 아. 그러니까 그 탐험가하고 원주민 처녀하고 눈이 맞아
서 둘이 했구나. 그렇지? 그렇지?

타잔이 한심하다는 듯 슈퍼맨을 쳐다본다.

슈퍼맨 알았어. 인마… 아님 말고.

타 잔 (타잔 얘기를 계속한다) 원주민들은 그 무거운 짐을 지고 노련
한 칼 솜씨로 키가 아주 큰 풀들을 헤치며 길을 열어 열심
히 가기 시작했지. 노련하게. 한 탐험가는 정말 원주민들
이 마음에 들었어. 그런데 잘 가던 원주민들이 갑자기 멈
추어 서더니 가지를 않는 거야. 탐험가가 그들을 달래고
윽박질러도 소용이 없었어. 돈을 더 달라고 원주민들이
강짜를 부리는 줄 알고 그들에게 돈을 내 밀었어. 돈 말이
야 그런데 돈도 아니었어. 그들은 아무 말도 없이 앉아 있
는 거야 꼼짝 않고 미치는 거지. 그 후로도 그 여행이 끝날

때까지 원주민들은 멈추었다 다시 가고 멈추었다는 다시 가고, 그런데 왜 그랬는지 아니 너? 원주민들이 왜 멈추었 다 간 줄 아니?

슈퍼맨 쉬었다 간 거겠지. 짐 지고 가봐. 얼마나 힘들겠냐?

타 잔 원주민들은 자신들의 영혼이 따라오길 기다렸다는 거야. 영혼을 기다릴 줄 알아야 돼. 영혼을.

슈퍼맨 영혼?

타 잔 돈으로 영혼을 살 수 없다는 애기겠지….

타잔, 목이 탄 듯 물을 마시러 가서 안전모로 물을 받는다.
천정에서 떨어지는 물을 바라고 있다.

슈퍼맨 너 그게 재밌는 얘기냐. 아 새끼… 인마 인생에 일번은 돈 이야 돈! 너 인마 김구 선생님 알지? 너 김구선생님이 왜 대통령이 못됐는지 아냐? 김구 선생님이 (뭔가 말하려 하지 만 조리 있게 말할 수 없자. 갑자기 화를 내며)… 아. 씨발. 왜 김구 선생님은 대통령이 안 된 거야? 응? 김구 선생님이 대통 령이 안 되는 바람에 지금 이 나라가 이 모양 이 꼴이라는 거 아니냐? 응? 아 씨발… 왜 김구 선생님은 대통령이 안 된 거야? 보고 싶다. 김구 선생님. 진짜 보고 싶다! 근데. 김구 선생님은 왜 대통령이 안 되었을까? 아. 영혼타령 하 다가 그랬을 거다 아마.

타잔이 무슨 소리를 들은 듯 철길에 엎드려 귀를 댄다.
슈퍼맨도 따라 철길에 엎드려 귀를 댄다.
그리고 철길을 두드리고 귀 기울이기를 반복한다.
아무 소리도 들리지 않자 슈퍼맨은 일어나 타잔의 엉덩이를 발로
찬다. 그러나 타잔은 포기하지 않고 귀 기울이기를 반복한다.
슈퍼맨 담뱃불을 붙인다.

슈퍼맨   힘 빼지 마라.

슈퍼맨이 타잔에게 담배를 권한다.

슈퍼맨   필래?

타잔, 외면한다.

슈퍼맨   안 펴?

슈퍼맨, 다시 담배를 피우며.

슈퍼맨   돛대예요. 돛대. (장난스럽게) 돛… 대~에!

타잔, 달라고 한다.
슈퍼맨, 줄듯 말듯 장난치며 낄낄 데다가 담배를 건네준다.

슈퍼맨 담뱃가게 아저씨 이사 간대더라. 그거 참… 그 양반이 보통 토박이냐? 이젠 견딜 재간이 없는 거지. 문방구도 문 닫았더라. 봤냐? 씨발 구질구질한 건 죄다 사라지는 거지. 구질구질 한 건… (호흡기를 입에 대고 소리친다) 주민 여러분께 알립니다. 구질구질한 분들은 모두 사라져 주십시오. 구질구질한 분들은! 냄새 납니다. 냄새! (사이) 너 우리 처음으로 담배 필 때 생각 나냐?

타잔, 생각이 나듯 웃는다.

슈퍼맨 초등학교 6학년 때지 아마. 담배 가게 앞에서 꽁초하나 주워다가 둘이 나눠 피웠잖아. 그 빨간 벽돌 아지트에서 우리 아버지한테 걸려서 죽도록 맞았잖아 왜? 맨날 술에 절어서 비틀거리는 양반이 펀치 하나는 진짜 셌어. 한 대 맞으면 눈에서 불똥이 팍팍 튀었잖아. 진짜 옛날 얘기다.

사이

슈퍼맨 (갑자기 낄낄거리며) 너 자전거는 기억 나냐?

타잔 웃는다.

슈퍼맨 왜 그때 담뱃가게 아저씨 새로 자전거 샀었잖아. 반짝반

짝 빛나는 신빙으로. 그때 그 자전거를 내가 훔쳐다가 내 거인 것처럼 으스대며 뒷산 언덕으로 끌고 올라갔지. 동네 애들은 부러워서 졸졸 따라오고, 언덕 꼭대기에서 나는 빨간 보자기를 어깨에 두르고 슈퍼맨이 되는 거야. 너는 타잔! 웃통 까고. (삽을 가져다가 자전거인 것처럼 탄다) 내가 너를 뒤에 태우고 마을을 내려다보며 한껏 폼을 잡는 거야. 야! 애들이 우리를 쳐다보고 있었어. 그 애도 있었어. 마을을 향해 출발! 슈퍼맨과 타잔이 나가신다! 쉬~익 속력을 높여라! 쉬~익 (웃는다) 그러다가 돌부리에 걸려서 똥통에 정통으로. (웃는다) 그때 그 냄새가 한 달도 넘게 갔지.

둘은 함께 미친 듯이 웃는다.
갱도 무너지는 소리, 전등이 깜빡이다 꺼진다.
어둠.
둘은 작업모로 뛰어들어 작업모를 쓰고 작업등을 킨다.

슈퍼맨 어디가 또 무너졌나봐. 31구역 같은데.

슈퍼맨, 철길로 뛰어가 다급하게 두드리고 엎드려 귀 기울이기를 반복하다가 분통을 터뜨린다.

슈퍼맨 개 씨부랄. 니기미… 좆같은 거. 씨발.
타 잔 (울면서) … 죽으면 영혼은 어떻게 되지?

슈퍼맨 씨발 놈이 재수 없게 죽기는… 안 죽어! (과장되게) 괜찮아. 괜찮아. 저쪽은 사그리 다 무너져도 괜찮아. 어차피 저쪽으론 뚫고 들어 올 수 없어. 저기 반대편으로 올 거야. 너도 알지? 그리고 여긴 막장이잖아. 얼마나 튼튼하게 지었다고. 여긴 절대로 무너지지 않아! 그러니까 우린 여기서 기다리기만 하면 돼. 기다리기만 하면….

전등이 깜빡이다 들어온다.
타잔 계속해서 울고 있다.

슈퍼맨 씨발 놈이 진짜 찔찔 짜기는… 넌 한상 그게 문제야. 네가 맨날 삑 하면 질질 짜니까 재수가 없는 거야. 네 옆에 있는 나까지 재수가 없어. 네가 계집애야? 삑 하면 짜게. 씨발 놈. 재수 없게. 진짜….

타 잔 … 불이나 꺼.

슈퍼맨, 거칠게 안전모의 불을 끈다.

타 잔 노래나 한 곡 불러봐라.

슈퍼맨 노래 같은 소리하고 자빠졌네.

사이

슈퍼맨 그래. 노래 한 곡 못해주겠냐? 까짓것…. (노래한다. 꽃피는 동백섬에…)

타잔, 마음에 안 든다는 듯 슈퍼맨 앞으로 가로질러 간다.

슈퍼맨 알았어. 알았어. 아 그 새끼. 너 땜에 내가 이 노래 한 오천 번도 더 불렀을 거다. 알았어. 해줄게. 해줄게. (노래한다)

〈별이진다네 ― 여행스케치〉
어제는 별이 졌다네 나의 가슴이 무너졌네
별은 그냥 별일 뿐이야 모두들 내게 말하지만
오늘도 별이 진다네 아름다운 나의 별 하나
별이 지면 하늘도 슬퍼 이렇게 비만 내리는 거야
나의 가슴 속에 젖어오는 그대 그리움만이
이 밤도 저 비 되어 나를 또 울리고
아름다웠던 우리 옛 일을 생각해 보면
나의 애타는 사랑 돌아올 것 같은데
나의 꿈은 사라져 가고….

슈퍼맨, 노래를 멈춘다.

슈퍼맨 야 배고파서 오늘은 더 못 부르겠다. 어찌 되든 밥이나 배 터지게 먹었으면 좋겠다.

타 잔	전주댁 막걸리 먹고 싶다.
슈퍼맨	그래 전주댁 막걸리 한 사발 마셨으면 소원이 없겠다.
타 잔	노릇노릇한 파전도.
슈퍼맨	캬~ 파전! 야, 전주댁 신 김치 진짜 끝내주지 않냐?
타 잔	깍두기!
슈퍼맨	캬~ 그 깍두기에 막걸리 한 사발 쭉 들이키면….

슈퍼맨과 타잔, 함께 입맛을 다신다.

슈퍼맨	너도 노래 한 곡 해봐. 나도 했잖아.
타 잔	노래는 무슨? 노래 못하는 거 알면서….
슈퍼맨	(웃으며) 아 맞다 맞다. 네 노랜 진짜 들어줄 수가 없지. 그럼 시라도 한 수 읊어봐라. 너 맨날 긁적거리는 것 중에서 아무 거나 해봐. (뭔가 생각난 듯) 아! 전주댁 나오는 시 있었지? 그걸로 해봐라.

타잔을 억지로 끌어낸다.

슈퍼맨	(박수치며) 여러분! 우리 고장이 낳은 명~시인 강동철 시인의 시낭송회가 있겠습니다.

타잔은 시를 흥얼거린다.

까만 염소구름 흘러가네 염소는 까매서 좋은 친구
전선 위에 참새 두 마리 가슴이 답답해 쨱쨱이나
담뱃가게 아저씨 푸른 연기는 언제나 푸르고
전주집 막걸리는 전주댁 가슴에서 한없이 흘러나오고
장미세탁소는 빨아도 빨아도 시커먼 눈물
새하얀 멍멍이 언제나 하늘보고 짓는다.
춤추는 황금마을
가자 친구여 아리고오스로

타 잔 어때?
슈퍼맨 좋아. (혼잣말로) 배고프다.
타 잔 어머니 긴 한숨 고개 돌린 아이… 어머니!
슈퍼맨 계속 해봐라. 들어줄만 하네.

타잔의 시를 계속 읊는다.
시의 은율은 추억을 부른다.

어머니 긴 한숨 고개 돌린 아이
구멍 난 바람
녹슨 철길 쿨럭이며
검은 산 내려가 푸른 동해로
전봇대에 토해진 전주댁 막걸리
쓸쓸한 청춘 그리운 사랑

소녀의 노래(종이비행기) 소리가 멀리서 들려온다.

타잔 잠이 든다.
소녀의 노래 소리가 점점 커지며 조명이 변하기 시작한다.
추억의 시간으로 여행한다.
소녀가 아리고오스 상자를 들고 노래를 부르며 등장해 철
길에 앉는다.
소녀의 동작과 노래는 추억의 바람이다.

소녀   없어! 중단 됐어!

음악이 흐르고 그녀는 노래를 부르며 움직인다.

타 잔   ⋯ 제인.
소녀   ⋯ 타잔.
타 잔   제인?

소녀가 타잔에게 다가가 타잔에 얼굴을 쓰다듬는다.
타잔이 손으로 소녀를 만지려 하는데 소녀가 멀어지며.

소녀   너희들의 빨간 아지트 정말 예쁘다.

사이

소녀　　그가 우리를 지켜보고 있어.

　　　　　침묵

소녀　　그는 우리가 더욱 사랑하길 바라고 있어.

　　　　　사이

소녀　　그는 우리가 원하는 걸 하길 바라고 있어.

타 잔　그래 그는 우리가 원하는 걸 하길 바라고 있고 또 열심히 뛰길 바라고 있어.

소녀　　내가 원하는 건, 내가 원하는 건, 내가 원하는 건 네가 내 앞에서 깡충깡충 뛰면서 노래를 불러 주는 거야.

타 잔　내가 원하는 건, 내가 원하는 건, 내가 원하는 건 네가 내 앞에서 빙빙 돌면서 노래를 불러 주는 거야.

소녀　　부끄러워.

타 잔　그는 우리가 원하는 걸 하길 바래.

소녀　　하지만 지금은 빙빙 돌고 싶지 않아.

타 잔　난 깡충깡충 뛰고 싶지 않아.

소녀　　그럼 우리 하기 싫은 건 하지 말자.

타 잔　그래 그렇게 하자.

소녀　　그래 그렇게 해.

침묵

둘은 애정표현을 한다.
타잔에 등에 제인이 등을 맞대고 기댄다.
둘은 행복하게 웃음 짓는다.

타 잔 그가 화를 내면 어떻게 하지?

소녀 등에서 등을 떼며.

소 녀 화를 낼 거야.
타 잔 그래 분명해.
소 녀 항상 그랬잖아. 그는 날 항상 괴롭혔어. 날 구해 줘. 구해
         달란 말이야. 빨리! 악~~~~~~~~~

그녀는 비명을 지른다.
그녀의 비명은 메아리처럼 다시 돌아와 확장되어 엄습한다.

타 잔 그러지 마. 그게 아냐. 난 힘이 없어. 그는 힘이 강하고.
소 녀 바보.
타 잔 난 바보가 아냐.
소 녀 넌 힘이 없어. 넌 항상 절정에 다다르지 못해.
타 잔 아냐 넌 항상 절정에서 날 괴롭혔잖아.

소녀	그래 난 항상 절정에서 하지만 또 다른 절정을 원해.
타 잔	내가 깡충깡충 뛰면서 노래를 부르는 것 같은 것.
소녀	그래.
타 잔	네가 빙빙 돌면서 노래를 부르면 나도 할게.
소녀	…….
타 잔	내가 하면 너도 할 거지?
소녀	…….
타 잔	그가 원하는 거야.

타잔은 두 팔을 벌리고 뛴다.

소녀는 쳐다보고 있다.

타잔은 멈추어서 애원하듯 쳐다본다.

둘은 손을 맞대려 하지만 대지 않고 느끼기만 한다.

소녀가 천천히 돌기 시작한다.

타잔은 더욱 열심히 뛰기 시작한다.

그 둘은 절정에 다다르기 시작한다.

타잔이 뛰다가 실수로 상자를 밟게 된다.

소녀는 자신의 행동에 열중해 있다.

타 잔	아리고오스.

타잔은 기대에 차 상자를 열어 본다.

타잔은 상자 안을 보고 놀란다.

타 잔	뭐야 이게 뭐냐고 뭐냔 말이야?
소녀	기억.
타 잔	뭐야 이게 뭐냐고 뭐냔 말이야?
소녀	추억.
타 잔	뭐야 이게 뭐냐고 뭐냔 말이야?
소녀	사랑.
타 잔	사랑.
소녀	네가 실수로 밟아서 죽은 거야.
타 잔	내 실수라고.
소녀	그래 네 실수야.
타 잔	나한테 알리지도 않았잖아.
소녀	내 잘못이 아냐. 네가 밟지만 않았어도 예쁜 아기가 태어났을 텐데.
타 잔	이미 죽어 있었어.
소녀	네가 밟아서 죽은 거야.
타 잔	이미 온통 칼로 난도질이 돼 있었단 말이야.
소녀	자 봐. 난 네 사랑을 위해 빙빙 돌면서 노래를 부를 수 있어. (빙빙 돌면서 노래를 부르듯 얘기한다)
타 잔	내 사랑.

타잔은 괴로워하며 뛰기 시작한다.

타잔은 오랜 시간을 뛴다. 그는 점점 늙어간다.

소녀는 지속적으로 돌고 있다.

소녀의 읊조림은 노래로 음악으로 돌며 공간을 시간을 확장시
킨다.

타 잔   (계속 뛰며) 그만해!

소녀는 멈춘다.

소 녀   타잔~~~ 안녕 내 사랑, 안녕 내 사랑, 안녕 내 사랑.
타 잔   가지 마. 가지 마. 가지 말란 말이야.

슈퍼맨이 잠에서 깨 타잔을 쳐다본다.
소녀가 사라진다.
타잔은 사라진 소녀를 따라 막장을 빠져 나가려 한다.

슈퍼맨   왜 그러는 거야? 정신 차려. 정신 차려.

슈퍼맨이 타잔을 진정시킨다.
타잔은 바닥에 드러누워 괴로워한다.
슈퍼맨이 괴로워하고 있는 타잔을 달랜다.
타잔이 슈퍼맨을 밀어 낸다.

타 잔   아냐 내 잘못이 아냐. 그의 잘못이야. 그가 우리를 저버린
거야. 아냐 난 아니라고. 나한테 원하는 게 뭐야. 이게 아

냐 어떻게 이럴 수가 있냐 말이야. 제인 내 잘못이 아니라고 말해 줘.

슈퍼맨   그래 다 끝난 얘기야. 잊어. 제발 잊어버리라고.

타 잔   제인이 노래를 부르고 있어. 아기를 품에 안고 기다리고 있어. 제인한테 갈 거야.

슈퍼맨   (무너진 구멍 사이로 나가려는 타잔을 저지하며) 거긴 언제 무너질지 몰라 위험하다고 제발 진정해 제인은 죽었어.

타 잔   죽지 않았어. 날 기다리고 있다고 저 위에서 저 위 황금마을 언덕 위에서 기다리고 있다고 우리 나갈 수 있지. 그렇지. 나갈 수 있지.

슈퍼맨   그래 우린 나가게 될 거야. 걱정하지 마. 지금 저 위에서는 우릴 찾기 위해서 난리 법석일 거야.

타 잔   그렇겠지 우릴 포기하진 않겠지!!

슈퍼맨   그럼 절대로 우릴 포기하진 않을 거야 우린 기다리기만 하면 돼.

타 잔   아냐 시간이 없어.

타잔은 슈퍼맨을 밀어내고 철길을 미친 듯이 두드린다.

타 잔   오지 않을 거야. 그들은 우릴 포기했어. 우린 여기서 죽게 될 거야.

슈퍼맨   그렇지 않아. 조금만 더 기다리자. 야, 너 진짜 왜 그래? 꿈 꿨구나? 지금껏 잘 참아 왔잖아. 조금만 더 기다리면… 이

제 거의 다 왔을 거라고.

타잔 거칠게 슈퍼맨을 밀친다.

타 잔 기다리라고. 난 지금까지 기다렸어. 그래서 내가 얻은 게
뭐야? 고작 광부가 돼서 이 33구역에 갇힌 거야. 묵묵히
기다린 대가가 이거야. 그래 우린 이 시커먼 동네를 떠나
지 못할 거야. 여기 남아 있는 인간들은 다 패배자야. 우린
패배자야.

슈퍼맨 제발 그만해.

타 잔 넌 왜 여기 남아 있는 거야. 왜 이곳을 못 떠나는 거지. 겁
이 나는 거지. 밖으로 나가서 겪을 일이 두려운 거야. 우린
어쩔 수 없는 광부야. 네 아버지가 광부였듯이 너나 나나
빌어먹을 광부라고. 네 아버지가 이 땅속에서 죽었듯이
아무리 발버둥 쳐도 절대 빠져나가지 못할 거야, 우리 인
생은 여기서 끝나게 될 거야.

슈퍼맨 우리 인생은 끝나지 않아!

타 잔 끝났어. 제인이 죽을 때 모두 끝났어. 넌 슈퍼맨도 아니고
난 타잔도 아냐. 제인도 광부의 자식은 낳고 싶지 않았던
거겠지. 제인이 죽을 때 모두 끝났어!

슈퍼맨 이 개새끼가.

슈퍼맨이 타잔의 멱살을 잡는다.

슈퍼맨 제인이… 제인이… 제인이! 그래 다 끝났어. 제인이 죽을 때 다 끝났어. 나 슈퍼맨 아니야. 너도 타잔 아니고. 다 옛날 얘기지… 제인이 죽을 때 다 끝났어. 하지만 우리 인생은? 응? (소리친다) 우리 인생은? (사이) 난 매일 밤 똑같은 꿈을 꿔. 때리고 때려도 쓰러지지 않는, 징그럽게 커다란 놈하고 싸우는 꿈, 때리고 또 때려도, 절대로 쓰러지지 않는 징그럽게 커다란 놈. 그렇다고 내가 포기할 줄 알아? 나도 포기하지 않아! 절대로 포기하지 않아. 야, 이 개새끼들아. 내가 포기할 줄 알아? 난 포기하지 않아. (허공에 대고 주먹질을 한다) 내 손에선 피가 흐르기 시작하고 그 피가 온 몸을 타고 흘러내려 발밑에서 피 웅덩이를 이루지. 그 웅덩이가 소용돌이 쳐서 나를 빨아들이려고 해. 그래도 난 멈추지 않아. (계속 허공에 대고 주먹질을 한다) 절대로 포기하지 않는다고! 알겠어?

타 잔 넌 그를 쓰러뜨릴 수 없어.

슈퍼맨 이길 거야. 언젠가는.

타 잔 언제… 언제… 언제!

슈퍼맨 언젠간… 언젠간. 언젠간… 몰라. 몰라. 나도 몰라!

기차소리가 들리며 슈퍼맨 괴물이 눈앞에 다가오는 듯 미친 듯이 주먹질을 한다.

침묵

슈퍼맨 내가 왜 여기에 있지?

타 잔 너 아직도 제인을 사랑하고 있어?

슈퍼맨 아니.

타 잔 제인을 미워해?

슈퍼맨 … 아니.

타 잔 난 제인을 사랑해… 아니 증오해.

슈퍼맨 난 이곳을 증오해.

타 잔 아리고오스.

슈퍼맨 …….

타 잔 아리고오스. 우리들의 낙원.

슈퍼맨 …….

타 잔 아리고오스… 아리고오스!

사이

타 잔 여행 적금 들고 있어.

슈퍼맨 여행?

타 잔 그래 하지만.

슈퍼맨 아닐 거야 (사이) 퇴직금 받아서 여행가면 되겠다.

타 잔 퇴직금 (웃으며) 아냐 가지 못할 거야.

슈퍼맨 가! 가서 친구들 만나야지.

타 잔 친구?

슈퍼맨 그래 친구들. (돌을 손바닥에 올려놓고 동물을 부르며 철길 위에 올

려놓으며) 코끼리, 하마, 기린, 사자, 얼룩말, 코뿔소, 그리고 (마지막 남은 돌 하나를 꼭 쥐며 주문을 걸기 시작한다) 수리수리 마수리 수수리 사바 말발타 사발타…. 변해라. 치타로 변해. 변해라 변해. (소리친다) 변해~~~~~~~

음악이 흐른다.
타잔이 치타의 흉내를 낸다.
타잔이 일어나 타잔의 "아 ~~~~~~~~~~~" 소리를 낸 후 춤을 춘다.
둘은 의식과도 같은 춤을 춘다.
둘의 춤은 절정을 향해가고 그 둘은 계속해서 소리를 질러댄다.

타 잔   아~~~~~~
슈퍼맨   아~~~~~~

음악이 끝나고 둘은 바닥에 편하게 누워있다.

슈퍼맨   아버진 이곳에서 이렇게 기다리고 있었겠지. 들리지 않는 소리를 기다리며 기다리며 우리처럼 이렇게 기다렸겠지. 그날 밤 어머니와 꽁꽁 얼어붙은 손을 비비며 발을 동동 구르며 그렇게 밤을 차가운 새벽 아버지의 시체를 보았을 때 결심했는데 고향을 떠나면 다시는 돌아오지 않을 거라 구. (사이) 아버진 언제나 술에 취해 비틀거리면서 "우리 마을은 황금마을이다 우린 황금을 캐는 사람들이야"황금을 캐는 일이 얼마나 좋은데 춤추는 황금마을이다."

타잔이 심하게 기침을 한다.
슈퍼맨이 일어나 물을 건넨다.

긴 사이

타 잔 조용한 게 좋다.
슈퍼맨 그래 정말 조용하다.
타 잔 오겠지?
슈퍼맨 기다리지 뭐.
타 잔 그래 기다리지.

사이

슈퍼맨 여길 나가기만 하면 미련 없이 뜰 거야 너무 오래 있었어.
타 잔 가.
슈퍼맨 갈 거야. 넌?
타 잔 나! 알잖아 어머니 때문에.

사이

타 잔   왜 다시 돌아 온 거야.

슈퍼맨   고향이잖아.

타 잔   네가 없으면 심심할 거야.

슈퍼맨   지랄하고 있네.

타잔이 슈퍼맨의 어깨에 기댄다.

타 잔   영원히 있었으면 좋겠다. 이렇게.

슈퍼맨   이렇게?

타 잔   영원히.

슈퍼맨   미친놈 그래 영원히!

타 잔   너두?

슈퍼맨   너두?

타잔/슈퍼맨   응.

사이

슈퍼맨   가. 꼭!

타 잔   그래 갈게.

슈퍼맨   타잔… 꼭. 응?

타 잔   응 슈퍼맨. 같이 가자 아리고오스!

슈퍼맨   그래. 타잔…

둘은 오랜 시간 그렇게 정지한 듯이 있다.

실제로 아주 오랜 시간이 흐른다.

이 시간 동안 관객은 시간의 흐름을 느낀다.

짧고도 긴 그 시간을 통해 인생의 슬픔과 아름다움을!

정지된 동안 노래가 흐른다.

〈춤추는 황금마을〉

까만 염소구름 흘러가네 염소는 까매 서 좋은 친구

전선 위에 참새 두 마리 가슴이 답답해 쨌쨌이나

담뱃가게 아저씨 푸른 연기는 언제나 푸르고

전주집 막걸리는 전주댁 가슴에서 한없이 흘러나오고

장미세탁소는 빨아도 빨아도 시커먼 눈물

새하얀 멍멍이 언제나 하늘보고 짖는다

춤추는 황금마을

가자 친구여 아리고오스로

어머니 긴 한숨 고개 돌린 아이

구멍 난 바람 녹슨 철길 쿨럭이며

검은 산 내려가 푸른 동해로

전봇대에 토해진 전주댁(시커먼) 막걸리

쓸쓸한 청춘 그리운 사랑

춤추는 황금마을

가자 친구여 아리고오스로

세 번째 골목 돌아 첫 번째 그 집의 남자는 광부
그 옆집 여자는 광부의 마누라
그 뒷집 새끼는 광부의 딸년
그 앞집 멍멍이는 광부의 개새끼
시커먼 손으로 더듬는 시커먼 거시기
흐르는 눈물은 왜 이리 하얗나
춤추는 황금마을
가자 친구여 아리고오스로

둘의 얼굴이 겨우 보일 정도의 희미한 불빛이 보인다.

슈퍼맨   너 결혼하고 싶지 않니?

타 잔   결혼, 넌 결혼하고 싶지 않아?

슈퍼맨   하고 싶어.

타 잔   나도.

슈퍼맨   그럼 우리 결혼하자.

타 잔   누구랑?

슈퍼맨   나랑.

타 잔   너랑? 옛날처럼?

슈퍼맨   그래 옛날 소꿉놀이처럼 넌 여자, 난 남자, 어때?

타 잔   싫어.

슈퍼맨   좋아, 그럼 바꿔서 해 네가 남자, 내가 여자, 그럼 좋아?

타 잔   좋아, 그럼 내가 남자… 네가 여자.

슈퍼맨   그래 그렇게 하자.

타잔이 수건으로 꽃을 만들어 슈퍼맨에게 건넨다.

슈퍼맨 꽃을 받는다.

둘은 옷매무시를 정리하며 일어선다.

서로 쳐다보며 머리카락도 정리해 준다.

타 잔   슈퍼맨.

슈퍼맨   (팔짱을 끼며) 타잔.

둘은 행진한다.

갱도가 무너지는 소리.

슈퍼맨/타잔   – 사랑해!

끝.

한국 희곡 명작선 132

72시간

초판 1쇄 인쇄일   2023년 11월 20일
초판 1쇄 발행일   2023년 11월 29일

지은이   박장렬
만든이   이정옥
만든곳   평민사
          서울시 은평구 수색로 340 〈202호〉
          전화 : 02) 375-8571 / 팩스 : 02) 375-8573
          http://blog.naver.com/pyung1976
          이메일   pyung1976@naver.com
등록번호   25100-2015-000102호
ISBN   978-89-7115-095-5   04800
          978-89-7115-663-6   (set)
정   가   7,000원

이 책은 사단법인 한국극작가협회가 한국문화예술위원회의 2023년 제6회 극작엑스포
지원금을 받아 출간하였습니다.

한국 희곡 명작선